AF450090

Evincepub Publishing

Parijat Extension, Bilaspur, Chhattisgarh 495001
First Published by Evincepub Publishing 2021
Copyright © Hiba Zahid 2021
All Rights Reserved.
ISBN: 978-93-5446-145-3

This book has been published with all reasonable efforts taken to make the material error-free after the consent of the author. No part of this book shall be used, reproduced in any manner whatsoever without written permission from the author, except in the case of brief quotations embodied in critical articles and reviews. The Author of this book is solely responsible and liable for its content including but not limited to the views, representations, descriptions, statements, information, opinions and references ["Content"]. The Content of this book shall not constitute or be construed or deemed to reflect the opinion or expression of the Publisher or Editor. Neither the Publisher nor Editor endorse or approve the Content of this book or guarantee the reliability, accuracy or completeness of the Content published herein and do not make any representations or warranties of any kind, express or implied, including but not limited to the implied warranties of merchantability, fitness for a particular purpose. The Publisher and Editor shall not be liable whatsoever for any errors, omissions, whether such errors or omissions result from negligence, accident, or any other cause or claims for loss or damages of any kind, including without limitation, indirect or consequential loss or damage arising out of use, inability to use, or about the reliability, accuracy or sufficiency of the information contained in this book.

Dastan-e-Zindagi

Kuch ankahe Alfaaz

———◆———

Hiba Zahid

"Kuch Mere Dil ke Ankahe Alfaaz"

Yeh Kitaab Unke Liye Jisne
Zindagi Se Waqif Karaya"

ABOUT THE BOOK

"Dastan-e-zindagi" is a collection of urdu poetries in which the poet has included many soul stirring verses and some deep longings of her heart. Every poem is ascertained to evoke a myriad of feelings. The book explores relationships of love, family, friendship and the kaleidoscope of life. So soothe your soul with "Dastan-e-zindagi" and inspire your dreams. Enjoy Zahid's musings with a cup of tea or coffee while listening to the pitter-patter of raindrops on your rooftop.

ABOUT THE AUTHOR

Hiba Zahid is a teenage girl who loves writing urdu poetry.

"Dastan-e-zindagi" is her first book, her poetries are emotional and relatable. She writes with the belief that writing poetry is something that flows effortlessly from within and echoes in the soul. This book lets the reader join her in the exploration of her soul and in singing the songs of her heart.

CONTENT TABLE

1. BAAP

Haan vo shakhsh musalsal meri fikr karta hai, apni tamam khwaishon ko pareh rakh kar vo meri zubaan se nikli hui ek khwaish ko Aham samajta hai.

Apne har wade waqt se pehle mukammal kiye hain usne, ho kitni bhi khamiyan mujh main par vo mujhe sabse azeez bataya karta hai. Na kar payega us jesi mohabbat mujhe koi, kyuki duniya me ek baap hi hai jo bevajah mohabbat kiya karta hai.

2. KASHMAKASH

Zindagi ki kashmakash mein kuch yun khoye ja rahe the hum apno se door hue ja rahe the hum, hausla-e-zindagi ki kuch yun hai dastan, agar hue tum khamosh to na khair-o-khabar lega yeh jahan waqt ki silwaton mein ghum hue ja rahe the hum kuch apno se or kuch khudse door hue ja rahe the hum.

————◆————

3. USOOL-E-ZINDAGI

Zindagi ke yeh jo modh aarhe hain lagta hai hum kuch
peeche chordh aarhe hain.
Dil ko malal hua par kya kare ek din khud par sawal hua
ki jab apno se haar gaye to ghairon par kya yakeen karna
yeh to
usool-e-zindagi hai ghalib, jo muskura raha hota hai
wahi tamam ghum chupa raha hota hai.

4. KYA GHUM HAI

Jab tune hi rukh modh liya ab paraye chordh jaye to kya
ghum hai.
Tum mehfil mein hath chordh gaya ab yeh dhadhkanein
bhi ruk jayain to kya ghum hai. Tere na hone ka mujhe
dil se malal hua ab malal-e-ghum mein zindagi guzar
jaye to kya ghum hai.

5. BEHTAREEN

Us khuda ke har faisle ko mene qubool kiya hai is liye
har baar mujhe behtar nahi behtareen mila hai. Nadani
mein kuch faisle liye the mene galat, haan uska bhi malal
mujhe hua hai. Tamam azmaishon mein dalkar phir usne
behtar nahi behtareen diya hai.

6. FANAA

Teri har khwaish ko ab haqiqat banana hai,
haan zindagi ki is bheedh mein bas tere ho jana hai,
chand lamho ki hi to hai zindagi haan vo pal bhi sirf tere
sath bitana hai, ladhna hai jhagadhna hai or teri rooh
mein fanaa ho jana hai.

7. AFTAAB

Zindagi ke safar mein apno ko badalta dekh rahi hun, jo jaan chidakhte the mujh par unko door jata dekh rahi hun, waqt ke imtihaan mein sab haar gayi. Main zameen ko door or aftaab ko qareeb aate dekh rahi hun.

—————◆—————

8. DIL-E-NADAN

Duniya ki is bheedh mein na koi yaar hain na raqeeb hain, dil-e-nadan inki berukhi ko bhi mohabbat samajh betha hai, dil hai nadan hai tarasta hai zindagi ke liye uff chain-o-sukoon ke liye.

9. VO KHUDA HAI

Jitni baar hath pehlaoge utni baar tumhe dega vo khuda
hai janab apne dar se khali hath nahi jane dega. Ho kitni
bhi khamiyan tujh mein, tu hath pehla to sahi vo sab
maaf kardega.
Tu sabr kar vo tujhe behtar nahi behtareen dega.

10. BEKARAR

Aate to hamare dar par hazar log hain, par vo tere aane
ka ahsaas kuch khaas hota hai.
In hawaaon ka bhi kuch alag andaaz hota hai, yeh pehli
dafa nahi hai janab tujh se milne ke liye yeh dil har baar
bekarar hota hai.

---

11. KAMYABI

Hai kamyabi ki talab tujhe to patthar bhi khaakh ban
jayega.
Tu ek kadam badha to sahi, aj jo tere khilaf hai kl vo tera
apna ho jayega. Tu sabr kar, mehnat kar zarra zarra teri
kamyabi par muskurayega.

12. MALAL

Manzil tak pouch jane ke baad taqdeer se haar jane ka
malal hua.
Khwaab jo sajaye the unke zarra zarra ho jane ka malal
hua.
Apno ke badalte rang dekh kar hame apni zaat par malal
hua.

13. HUMSAFAR

Ae mere humsafar umar-e-daraz ki baat na kar, apni
aakhon ki gehrayi mein doobne de,ashkon mein beh jane
ki baat na kar.
Safar khubsurt hai abhi manzil tak pouchne ki baat na
kar.
Kuch arsa hi to hua hai mile hue, tu chordh jane ki baat
na kar.

14. FIKR

Usko mene apne liye fikr karte dekha hai, mujhe khone
ke khayal se musalsal darte dekha hai.
Haan mere liye dusron se ladhte, jhagadte dekha hai uski
aakhon mein mene vo pyaar dekha hai, khumaar dekha
hai or har baar dekha hai.

15. KHAMOSHIYAN

Ab mene khamosh rehna seekh liya, halaton se waqif hona seekh liya. Jin logon par mene jaan nisar kardi aakhir mein wohi mera hath chordh gaye haan sath chordh gaye.

16. WAQT

Apne hoslon ko rakh bulandh yeh lamha bhi guzar
jayega yeh waqt hi to hai janab aaj bura hai to kal acha
bhi ayega, agar shokh-e-safar ki hai talab tujhe to
manzilain bhi payega, aaj waqt inka hai to kya hua kl
tera to zamana ayega.

———◆———

17. JO HUA VO BEHTAR THA

Kuch khwaab toote hain unka toot jana hi behtar tha,
kuch log door ho gaye unka chale jana hi behtar tha.
Kuch aasu to humne bhi bahaye the par ab lagta hai jo
hua vo behtar tha.

18. KHALI PANNE

Jab apne alfaazon ko panno par likhne bethti hun, to khayal tera hi aata hai tere khayalon mein lamha beet jata hai or panne khali hi reh jate hain.

19. RIWAYAT-E-ISHQ

Yeh riwayat-e-ishq hai janab,apna mool bazar mein lagaoge to sab haar jaoge, hathon mese fisalte is waqt ko dekh rahi hun, haan main ishq mein doobte sitare dekh rahi hun.

20. TU APNA BANA TO SAHI

Mere andar puri kainaat hai tu ek baar jhaank to shi,
suna hai maazi se pareshan tha tu, tere har ghum na mita
du tu haath tham to sahi.
Teri zindagi ko phir gulshan na kardu tu dil mein jagha
de to sahi,apna bana to sahi.

21. WO MUJHE KHONE SE DARTA HAI

Jab gusse ki ho hazar wajha,
Par vo mujhe apni baton sehi mana liya karta hai,
Haan vo mujhe khone se darta hai.
Door hone ke bawajood bhi,
Yun har waqt meri fikr kiya karta hai, "kabhi darna mat
mein hu to" keh kar mujhe samjaya karta hai.
Haan vo mujhe khone se darta hai.
Ladayi ko sirf vo ladayi samajh ta hai, yun door jane ke
bahane nahi dhundta, uske bin kahe hi uska ishq mujhe
uski aakhon mein mehsoos hua karta hai, mujhe vo apne
wajood ka hissa samjha karta hai, uska ishq is qadr meri
rooh ko chua karta hai
Haan vo mujhe khone se darta hai.
Dil to mera bhi chahata hai sari duniya uske qadmo me
lakar rakhdu, par vo apni duniya hi mujhe bataya karta
hai.
Me khushnaseeb hu ki vo mujhe khone se darta hai.

22. AJNABI

Haan vo ajnabi hi to tha jo mera sabse qareeb hua karta
hai.
Haan uska zikr har lamha hua karta hai.
Zindagi ka har pal kuch is qadar vabasta hai unse ki ab
vo anjaan nahi jaan hua karta hai.

23. MAA

Uski tareef mein kya kahun e ghalib, jab zikr jannat ka
hota hai.
Meri aakhon mein meri maa ka chehra rubaru hota hai.

24. MEHFIL

Log muh par salam or mehfilon mein ruswah kiya karte hain, or janab khudko hamara humdard bataya karte hain yun to hamari tarbiyat mein nahi hai palat kar jawab dena warna inko haqiqat se waqif hum bhi kara sakte hain.

---

25. JUNOON-E-MOHABBAT

Dil ne mehsus kiya jo usne kaha na tha vo chaha kar bhi
na keh saka vo uski aakhon ne kaha tha,
usko junoon-e-mohabbat to thi par manzil se waqif na
tha hausle to bhut buland the jese sab utha lega jazbaat
me par waqt ke sitam ne tanhayion se waqif kara diya
haan khudse rubaru kara diya.

26. DOST

Na chordha mujhe tanha meri tanhayion mein usne, meri udaasi ko bhi chand lamhon mein fanaa kardiya. Na thi jab hasne ki wajha us waqt bhi usne mujhe hasaya hai, kuch is tarah dosti ka farz usne nibhaya hai. Meri muskuraht mein bhi mere ghumon ko usne pehchan liya kuch is tarha dosti ka farz usne nibhaya hai.

27. SIRF TUM

Mere kalam se utri har shayari ka harf ho tum,
mera chain-o-sukoon ho tum, duniya mein sabse azeez
ho tum, adat or zrurat ho tum.
Mera aaj, kal or mustaqbil ho tum.

28. MITTI

Mitti se hi to aya hai tu mitti mein hi mil jayega kis baat
ka hai yeh guroor sab duniya mein hi reh jayega.
Sath jayenge bas acche amal tere baki sab fanaa ho
jayega.

29. CHAI

Ek cup chai
Tum or main
barish ki bundhon ki chankar or khatthi meethi takraar,
wese hum chai ke shokeen to nahi the par tumne bana
diya, apna bhi or chai ka bhi.

30. MERA YAAR

Maazi ko peeche chordh aaye hain par uska kahan malal
hai,
Ab jo sath hai uspar jaan nisaar hai,
Wo nigahon se door sahi par dil ke bhut pass hai likhne
bethu agar uske bare mein alfaaz kam padh jaenge kuch
aasa mera yaar hai.

31. EK ARSA BEET GAYA

Wo jo khamosh tha apne andar ka ghum dabakar
Aakhain uski sab bayan kar gayin labon ko dabakar
Vo jo shikayatain tumne rakhi hain apne dil me
chupakar
Ek arsa beet gaya unki rah mein ab kya karoge apne
aasu bahakar.

32. NEELAM

Apne husn ko sare aam kardiya, apna sab kuch uske naam kardiya kuch shikayatain hain ae husn-e-zindagi tujhse ki kya hasil hua jo sab neelam kardiya.

33. GUL-E-GULAB

Bankar gul-e-gulab main teri zindagi mehka dungi mana
gile shikhwe bhut hain tujhe zindagi se main tinka tinka
karke har ghum mita dungi.

34. TERA ZIKR

Ab bas hathon ki lakiron mein tujh he lana hai, haan ab us khuda ko manana hai. Har raat ki tanhayi or andhere ki gehrayi gawah hai ki tera zikr har farz namaz mein hua hai. Tujh se sukoon hai har gile shikwe hain tu qaza nahi farz hai mere liye.

35. MUSAFIR

Zindagi ke is safar mein musafir hum bhi hain musafir tum bhi ho, safar-e-zindagi aasan nahi par tum hosle buland rakhna har manzil aasan hogi bas tum khud par yakeen rakhna.

36. ANMOL

Haan tujh se rooz milna to nahi hua krta par phir bhi rooz tu meri duaon mein shamil hua karta hai. Tu mere pass na sahi par meri sehar se lekar meri raaton ki gehrayio mein tera zikr hua karta hai. Tu haqiqat mein na sahi par khawboon mein mera hua karta hai, chand bhi pheeka hai tere samne tu usse kayi zada khubsurt hua karta hai.

———◆———

37. MOHABBAT HAI

Tere har ghum ko khushiyon mein badal du to manoge
mohabbat hai
Teri har khwaishon ko haqiqat banadu to manoge
mohabbat hai
Teri aakhon se nikle aasuon se wazu-e-ishq karu to
manoge mohabbat hai.

---

38. TERA HO JANA HAI

Tere sath jo pal bitaye the unhe yaad kar muskurana hai,
haan tujh se kitni mohabbat hai yeh tujhe milkar batana
hai.
Haan bas tera ho jana hi.
Meri duaon ko us khuda se qubool karvana hai tujhe bas
ab is hathon ki lakeeron mein lana hai.
Tu hissa hai mere wajood ka yeh tujhe batana hai, haan
bas tera ho jana hai.

39. KHAWBON KA SAUDA

Zamane ne is qadar mere jazbaton ko zakhmi kardiya,
chaar aane dekar khawbon ka sauda kardiya.
Meri khushiyon ko ghum mein tabdeer kardiya, mere
jazbaton ka qatal kar diya.
Chaar aane dekar khawbon ka sauda kardiya.
Bazm mein mujy ruswah kardiya, dil mein jagha dekar
peeron taley rond diya,
chaar aane dekar khawbon ka sauda kardiya.

40. DASHT-E-TANHAI

Dasht-e-tanhai ka alam kya hoga jab apno ne sath chordh
diya to gairon par yakeen kya hoga.
Raash na kar kisi se,
Usse kya hoga?
Rakh manzil ki talab tu,
safar bhi aasan hoga.
Uljahan bhoot hain zindagi mein tu sabr kar har lamha
asan hoga.

---

41. LAMHA BEET GAYA

Lamha beet gaya,
par main yahi hun.
Haan pyaar na raha izzat abhi baki hai, kuch cheezain
kehne ko abhi baki hain. Tu sath chordh gaya par main
yahi hun.
Barishon mein phle jesi baat nahi, haan in bundhon mein
tera ahsaas nahi.

42. MEHTAAB

Is siyah si raat mein kuch to baat hai,
Aaj mehtab ki roshni mein bhi kaha vo ahsaas hai. Beet
jata hai din teri hi yaad mein, ab kya maloom ki sahar or
kya raat hai.

43. DARAKHT

Aaj zindagi se haar chala,sab chordh chala aye khuda tere dar par chala. Shab-e-ulfat mein is qadar kho gaye hum, ke aakhir mein zindagi ke darakht se yun bezaar chala.

44. AAO TO SAHI

Tum muskurao or tumhare muskurane ki wajha main hu
to baat hai, meri nazmon mein zikr ho tera to baat hai.
Milne ko to duniya hai, tum mil jao to baat hai.
Intezaar to hum rooz tera karte hain is baar tum aao to
baat hai.

45. BE-DILII

Thak gayi hun is duniya ki dikhawat se, upar ki
mohabbat andar ki milawat se.
Darti hun ki na ho jau inki tarha khudgarz, bezaar.
Thak gayi hun is duniya ki be-dilli se.

46. JAAN NISAAR

Main tujh par jaan nisaar karti hun
main tujh mein na sahi teri yaadon mein rooz khoya karti
hun. Kabhi waqt nikal kar milne ajana mein har shaam
tera intezaar kiya karti hun, abhi tu mere pass na sahi to
kya hua, main teri yaadon sehi guftguh kiya karti hun.

47. RAZA

Raah-e-yaar ki aas mein ek arsa beet gaya, yeh shamma
bujh gayi shamain dhal gayein or waqt bhi guzar gaya.
Vasal ki aas mein hijr ki shamein dhal gayein kya raza
thi isme bhi teri aye mere khuda vo shaksh aakhon sehi
dil mein utar gaya.

48. ISHQ HAI

Duniya ki ek na sunne wala, tumhare ek ishare par chala
aata hai haan wo ishq hai.
Wo khud laparwa hokar bhi, musalsal tumhari fikr karta
hai haan wo ishq hai.
Tere ek aasu nikalne par wo duniya idhar ki udhar karde
haan wo ishq hai.
Wo door hokar bhi tumhare sabse qareeb hai, haan wo
ishq hai.

49. TABASSUM

Tu aaye to kuch pal zindagi mein bahar aaye, zarra zarra
khil jaye.
Teri mojudgi se mere tamam ghum mit jayain.
Teri tabassum se har gul khil jaye.

50. AARZU

Zindagi mein har khawish puri ho to talab kis cheez ki
rakhoge.
Bin mange har cheez mil jaye to khwaish kiski karoge.
Zindagi mein agar aarzu adhuri na ho to kya karoge.

51. KHUMAAR

Fiza-e-ulfat mein tera ahsaas aaj bhi hai, mere dil ko tera
khumar aaj bhi hai.
In bandishon mein kuch yun ulaj gaye hain hum par
mere khawbon ke shehar mein teri bahar aaj bhi hai.

52. EHD-E-WAFA

Aftab mein vo tapish kahan hai par aftab nikla to sahi.
Mehtab ki roshni mein vo chamak kahan hai par mehtab
nikla to sahi.
Ek sham or dhal gayi shukr karo tum zinda hoto sahi.

53. MUSALSAL

Mere ashqon ke sagar mein tumhara hi aftab doobega
mere shehar mein tere naam sehi sawera hoga is dil par
tera hi basera hoga. Aaj hoga kal hoga or musalsal hoga.

54. SUKOON

Sukoon ki talash mein,
Har tarqeeb aazmali.
Din,Raat
Apna, paraya.
par jo sukoon tere pass mila vo kahin na tha.

55. QAID

Dam ghut ta hai is zamane mein jese koi rooh qaid ho
kisi kafas khane mein. Tukde tukde ho jaynge tumhare
dil ke tum apno se hassad ka jam toh piyo.

———◆———

56. KOI MOl NAHI

Khali thi jeb meri par dil bhara hua tha,
In mehlon ka, paiso ka, asharfiyon ka,
Agar dil me mohabbat or zubaan saaf na hoto in sab
cheezon ka koi mol nahi janab

---

57. BACHPAN

Vo bachpan ka sukoon bas thodi si padhayi or doston se ladayi, haan yaad hai mujhe dadi ka pyaar or maa ki vo daat. Na fikr thi kisi chez ki na thi koi bandishain mera tum le jao sab kuch par vo bachpan lota do, vo khulkar hasne ke din lota do.

www.ingramcontent.com/pod-product-compliance
Lightning Source LLC
LaVergne TN
LVHW051505170726
843492LV00002B/818